Blue Sky STUDIOS

RIO 2

A TWENTIETH CENTURY FOX FILM

AS AVENTURAS DE BLU NA AMAZÔNIA

astral cultural

Era noite de Ano-Novo e o Rio de Janeiro estava em festa. Blu, Jade e seus filhos Carla, Tiago e Bia estavam observando os fogos, encantados com o festival de luzes e cores no céu.

Por todos os lados, pessoas vestidas de branco dançavam para celebrar a noite.

Nas praias, as pessoas se reuniam para fazer pedidos e desejar coisas boas para o novo ano.

Na manhã seguinte, durante um passeio, Jade encontrou uma noz e decidiu levá-la a seus filhos, pois queria ensinar a eles como abri-la.

Apesar de morar na cidade, Jade não deixava de ensinar aos filhotes tudo o que sabia sobre a vida na floresta.

Enquanto Jade estava fora, Blu e as crianças preparavam panquecas para o café da manhã.
Chegando em casa, Jade quis mostrar aos filhos como abrir a noz, mas eles estavam mais interessados em comer panquecas.

Foi nesse momento que todos reconheceram Túlio e Linda em uma reportagem na TV falando sobre as aves da Amazônia. Na matéria, Túlio dizia que acreditava ter encontrado mais aves da espécie de Blu na floresta.

Tudo aquilo os pegou de surpresa, já que eles acreditavam ser as únicas araras-azuis vivas.

Jade ficou muito animada com a notícia. Ela queria voar para a Amazônia e ajudar Túlio e Linda a encontrar as aves.

Blu não gostou muito da ideia. Porém, Jade insistiu. Ela acreditava que as crianças precisavam ter contato com a vida na mata.

Tiago, Bia e Carla ficaram muito animados com a ideia de irem para a Amazônia.

Então, Blu avisou seus amigos Rafael, Nico e Pedro que decidiu viajar com Jade para a Amazônia. Ele não estava muito animado, mas Jade queria muito ir. O tucano Rafael tentou acalmá-lo:
- Lembre-se, Blu: esposa feliz, família feliz.
Ele se despediu de sua turma. - Nos vemos em algumas semanas, rapazes.

Blu fez as malas para a viagem. Em sua pochete, colocou água, band-aid, repelente... Ele também separou um GPS.

Quando a família estava partindo, para a surpresa de todos, apareceram Rafael, Pedro e Nico.

- Nós vamos também - disse Rafael.

- Vamos procurar novos talentos para o carnaval - explicou Nico.

Durante a viagem, eles passaram por pontos turísticos muito bonitos do Brasil, como Ouro Preto e Brasília. Mas o trajeto não foi totalmente tranquilo. Blu e Jade discutiram várias vezes sobre qual seria o caminho certo até a Amazônia.

Em Manaus, Blu e toda a turma viajaram num barco, que cruzou o Rio Amazonas em direção à floresta.

Jade estava muito feliz. - Ah Blu, obrigada por ter aceitado fazer essa viagem e vir pra cá - disse. Os filhos do casal e os amigos ficaram muito empolgados com os sons dos bichos da Amazônia, e cantavam junto com eles.

Depois de percorrerem o restante do caminho que faltava de barco, Blu e sua turma voaram para a floresta seguindo as ordens do GPS. Ao pousarem, o aparelho avisou que eles haviam chegado ao destino desejado. Porém, Jade não tinha certeza se eles estavam no lugar certo e Blu decidiu dar uma olhada em volta, mas não encontrou nada.

Ao voltar, Blu não avistou os seus amigos. Foi quando, de repente, uma ave surgiu do nada e pegou Blu pelas patas. Os dois saíram voando floresta adentro.

Blu gritou desesperado para que a ave o soltasse, mas não adiantou.

A ave desconhecida continuou a voar com Blu, até que o soltou no meio da floresta. Assustado, ele pegou seu canivete para se proteger. Mas não foi preciso usá-lo. Ao se virar, Blu logo encontrou Jade, os filhotes e seus amigos.

Então, Blu e seus amigos foram surpreendidos ao olharem para cima e avistarem o motivo que os levou naquela jornada.

- Não posso acreditar que nós as encontramos - disse Jade.

- Na verdade, elas nos encontraram - concluiu Bia.

Aquilo era mais incrível do que eles poderiam imaginar. Diversas araras-azuis, iguais a eles, estavam reunidas nas árvores, surpresas com os visitantes inesperados.

Foi quando eles escutaram uma voz, aparentemente brava, vindo de trás deles.

- O que fazem aqui? Aonde estão indo? - perguntou Eduardo, o líder do bando.

Naquele instante, Jade reconheceu Eduardo. - Pai? Quanto tempo! Você não sabe como eu senti a sua falta! - disse Jade.

- Está tudo bem agora, eu estou aqui! Como você está linda, minha garotinha! - disse Eduardo.

Ele se desculpou por ter perdido a filha quando ela ainda era um filhote. Jade disse que, se não fosse por isso, nunca teria conhecido Blu. Depois, Jade apresentou Carla, Bia e Tiago ao avô.

Todos voaram para o paraíso das araras, um lugar cercado de lindas árvores e cachoeiras. Eles estavam comemorando e conversando quando avistaram uma ave chegando.

Era Roberto, um amigo de infância de Jade. Ela o reconheceu e os dois começaram a conversar sobre o passado, o que deixou Blu com muito ciúme.

Eles estavam cansados depois daquele dia agitado e Roberto ofereceu seu ninho para que pudessem descansar.

Blu não gostou muito da ideia, mas não teve escolha a não ser aceitar.

Ao amanhecer, Blu sentiu alguma coisa tocar seu rosto. Ele achou que era Jade, mas, na verdade, era Tiago. O filho segurava uma aranha enorme, o que deixou o pai muito bravo.

Blu não estava se adaptando bem à vida na floresta. Então, Eduardo o levou para um passeio.

O sogro resolveu ensinar Blu a ser uma verdadeira ave selvagem. Ele mostrou como se camuflar na lama, como se livrar de armadilhas com o bico... Blu não conseguiu acompanhar a velocidade e a agilidade de Eduardo.

Nesse passeio, Blu também descobriu que o território da floresta era dividido. As araras-vermelhas possuíam um lado do rio e as azuis, o outro.

- Cada um tem seu lado porque a comida é escassa, por culpa dos humanos - explicou Eduardo.

O problema é que, um tempo depois, Blu pegou, acidentalmente, uma noz do território das araras-vermelhas. E isso provocou uma enorme confusão...

As araras decidiram resolver as diferenças numa espécie de jogo de futebol no ar. Roberto fez dois gols, mas Blu acabou cometendo um grande erro durante o jogo.

Depois do jogo, Jade e Blu discutiram.

- Eu não estou gostando daqui, não sou uma ave selvagem - disse Blu.

- Está na hora de parar de pensar só em você e pensar em nós - gritou Jade, que saiu voando brava.

Blu voou pra longe também.

Blu percebeu que Jade e seus filhos estavam felizes na Amazônia. Então, decidiu fazer o que fosse preciso para se adaptar à vida na floresta.

Assim, concordou com Jade de fazer da Amazônia a casa de sua família.

astral
cultural

PRESIDENTE: João Carlos de Almeida
DIRETOR EXECUTIVO: Pedro José Chiquito
DIRETOR COMERCIAL: Silvino Brasolotto Junior
DIRETOR DE REDAÇÃO: Sandro Paveloski
GERÊNCIA: Gustavo Cândido e Mara De Santi (Editorial); Flaviana Castro (Marketing); Yuko Tahan (Circulação);
Celso Rodrigues (Publicidade); Jason Pereira (Administrativo/Financeiro);
José Antonio Rodrigues (Serviços Gráficos)
SUPERVISÃO DE MARKETING E LICENCIAMENTO: Fabiano Flamínio

COORDENAÇÃO EDITORIAL: Melanie Retz
EDIÇÃO: Natália Ortega
TEXTO: Julia Bacelar (Colaboradora) e Victor Santos
DIREÇÃO DE ARTE: Zuleide Fernandes • Otávio Mattiazzo Neto
PROJETO GRÁFICO, CAPA E DIAGRAMAÇÃO: Nicole Gobbi Augusto, Carol Tozi e Jamile Cury Gandara

Dados Internacionais de Catalogação na Publicação (CIP)
(Câmara Brasileira do Livro, SP, Brasil)

Rio 2 : As Aventuras de Blu na Amazônia / Blue Sky ; [texto Julia Bacelar/colaboradora e Victor Santos] . -- Bauru, SP : Editora Alto Astral, 2014.

ISBN 978-85-8246-074-0

1. Literatura infantojuvenil I. Blue Sky.

14-01751 CDD-028.5

Índices para catálogo sistemático:
1. Literatura infantil 028.5
2. Literatura infantojuvenil 028.5

1ª Edição • 2014
Impresso na PROL Gráfica

EDITORA ALTO ASTRAL
Rua Gustavo Maciel, 19-26, Bauru, SP CEP 17012-110
Telefone: (14) 3235-3878 / Fax: (14) 3235-3879
E-mail: atendimento@altoastral.com.br